歌集

# 畑の歌

内田允子

*Aeko Uchida*

短歌研究社

# 畑の歌　目次

畑の歌



人間　木俣修

旅立ち



百　舌

切り絵制作　吉川令子（東京きりえ美術会運営委員）
本文カット　遠藤駿介
吉川鈴夏
吉川和花

# 畑の歌

まま

# 畑の歌

# あやめ雪

「あやめ雪」薄紫のこの蕪《かぶ》の吸ひもの造らむ母の盆会に

亀　鳥　隼人　よしなり、なべて瓜　吾子の畑に青く息づく

「桃太郎」はトマト「金太郎」はメロン　春の陽背《せな》に苗を分けゆく

細菌類になかなか勝てぬ「桃太郎」トマト栽培「あいこ」に決める

俄雨に煽られ黄砂に襲はれて這ひつくばれる空豆の蔓《つる》

ブロッコリーの脇芽キャベツの薹《たう》の群イレギュラー野菜に棚は溢るる

ほつこりと姫の坐すさま泛かばせつつ畑のなだりに植ゑゆく南瓜

いつの間にか田口早生《たぐちわせ》の実熟しゐて幼らの口元なべてオレンジ

実らざるままに潰えし「ラブリー」を偲びぬ黒きロームの土中

## けものたち

猪に倒され鹿に喰はれたる蜜柑の若木三度《みたび》植ゑ替ふ

春の日の翳らむ際に不意に出で野面に遊ぶ雉子と小栗鼠と

白鼻心　狸に狐　開発の山を下り来てわが畑襲ふ

やうやくに熟れたるトマトの真ん中をくり抜き食ひてけものは居らず

初なりの瓜を捥ぎ来て食せよと差し出す腕《かひな》の黒き輝き

炎天の後に豪雨の降り続き面白きまでトマトはひび割る

追はるるものさ迷へるものの足跡を幽《かそ》かに残して黙せる畑

人の息躲《かは》して生きる狸らの足跡か突如地上に現る

地《つち》の奥天の果てより喚び合ひて辛く生きゐむ蛇も目白も

奔放な胡瓜なるべし虫除けの網目くぐりて伸びゆく幾すぢ

炎《ほむら》だつ暑さに割けゆく紅色を守らむとトマトに袋被せぬ

茄子は咎めず

傷ものと書きて半値に売らんとするわが浅ましさを茄子は咎めず

朝露に袖濡らしつつ亡き夫の植ゑたる茄子を吾子と捥ぎゆく

里芋の詰め方値付けに洗ひ方悉く直《ただ》しし夫かもわれに

里芋の子芋転がりゆく先に地下足袋履きて夫は待ちゐむ

フォアグラもトリュフも知らず売れ残りの里芋のみの熱き味噌汁

まろまろと子芋は育つか朝からの秋雨染みゆく土の深処に

虫歯ひとつなきまま逝きにし夫のため真白く丸き里芋湯掻けり

鵯《ひよ》の声一瞬止みしそのひまに夫は去りたり音無く去りたり

夏すずみ夏のめぐみに夏ばやし夏待つ胡瓜の苗を植ゑゆく

ウイルスに強き苗らはウイルスに逝きたる夫の畑に育つ

山砂を被りて下垂《したた》る若苗の畝の間《ま》にまに列なす小蟻

隠元の名を秘めながら恋みどり美咲みどりはあでやかに実《な》る

今更に亡き夫の長靴履きてみぬ恋慕の情の幽かな夕暮

四十度近き日射しに喫かされ苗と水とが共に泡立つ

収穫のときまで生きよ葉も茎も萎えたる茄子に追肥なしゆく

葉先より枯るるものあり根元より崩るるありて赤茄子《トマト》みな絶ゆ

中玉のトマト「シンディオレンジ」は一分間の雨に割れたり

山畑を揶揄するごとく舞ひあがる驟雨の名残の粒に真向かふ

思ふさまに実らぬトマト積みあげて焼きゐる農夫ひとりにあらず

一向に湿らぬ土をあざ笑ひ通り抜けたり雨の一群

娶らざるままに畑土鋤きてゐる吾子の白髪を目立たす夕つ日

## 不埒もの

狸らの小さき歯型を愛らしと思ひし日もあり七つの歯型

たつたひとつに始まり歯型の増えゆきて実る間際の西瓜は廃る

夜を通し大玉西瓜を齧《かじ》りゆきその足跡さへも残さぬ朝《あした》

羽蟻一匹殺せぬ吾子がいつしらに犯人捕へむ策を練りゐる

蜜多き西瓜齧れる不埒もの捕へるために石灰まきゆく

かめむしの這ひずり廻り凹凸の激しき長茄子を今日は出荷す

猫の餌を奪ふにはとり鶏を殺める狸共に許さず

庭に来る狸と猫と鶏と何れが強きと女の孫の問ふ

バームクーヘンに釣られて檻にをさまりし狸は丸くなりて眠りぬ

捕へたる狸の眼窩《がんくわ》窪みゐて面差しは正しく村山富市

差し押さへせむと税吏の巡りたる地《つち》の上《へ》今朝は狸の走る

徴収官が踏みしめ狸の駆けゆきし庭の落葉に滲《にじ》む血の色

ひよどりの声を遮る画眉鳥の声は尖れりまだき朝に

明けやらぬ空気震はせ画眉鳥の声は確かに勝鬨の声

冬の畑

吐く息の白さ言ひ合ひ夫と立つ畑に霜の崩るる音す

四つ脚の駈け廻りたる足跡をそのまま凍らせ冬の畑は

窓を開け姿見せよと青年をあした冬の畑に誘ふ

薄霜の解けざる畝間を縫ふやうに小松菜畑の緑続けり

凍土にはあらねど固くなりしまま溶けざる土に鍬入れしとぞ

# 人間　木俣修

## 形成家族

大学三年次「近代短歌」として木俣修先生の授業が組まれていたのだが、その年先生は糖尿病で関東中央病院に入院、授業に出てこられたのは夏近くであった。

授業を終えた先生を追いかけ、私と小野徳子（現在「波濤」同人）は、学内にあっても全く形骸化していた短歌の会「春鳥会」をきちんとやっていきたい旨恐る恐る申し出た。

「女子はどうも長続きしない。が君たちが本気でするというのなら別だ」

数ヶ月おくれて、現在「波濤」発行人である中島やよひが春鳥会会員となり「形成」社友となった。

先生のお宅は三軒茶屋駅から歩いて五、六分の所にあり三人は何彼と理由を作り出向いていた。昭和三十四年一月より宮内庁歌会の選者となられていた先生は、傍目にも多忙が察せられたが「まあ、上がりなさい」と、真ん中に大きな和式テーブルがあり、入口をのぞき周囲は全て書棚という風情の応接室に通して下さることもあった。

珍しいお菓子を出して下さり「宮中で頂いたものだから食べなさい」。お客が次々と訪れ、テーブルの周囲が一杯になると「君たちはもう帰りなさい」。何でも「はい」「はい」と言いながら私たちは嬉しく充足感に満ちていた。

春鳥会会員も増え定期的に歌会が開かれるようになった或る日、例の応接室で先生は墨を摺り三人に一首ずつ書いて下さった。「これは好きな歌なんだ」そして、

二月の星ひかる夜天《やてん》をくぎるものただくろぐろと島の火の山

（『天に群星』より）

と私の色紙にはあった。

「二月の星」の歌の中で「夜天」を私は勝手に「よぞら」と読んでいたのだが歌集『天《そら》に群星《むらぼし》』のルビにより「やてん」と知った。

星明かりだけの、月のない夜天光《やてんこう》だけの空の一画を区切ってくろぐろと聳ゆる大島の三原山を詠まれたもので、曖昧な「夜ぞら」ではなく正しく「夜天《やてん》」であり、そこに先生の視線の確かさと実景描写に裏づけられた雄々しさが投影されていると今にして思う。

先生は幼稚な私たちの一首一首についても「てにをは」の使い方、文法上の始末、略字や漢字の読み方の区別など、厳しく且つ細やかに指導して下さった。相聞歌らしき歌に出会うと「ほう始まったな」と楽し気なひと言をつけ加えられ周囲の笑いを誘われたりもした。

卒業も間近になると後輩たちの手により「追い出しコンパ」が開かれる。私たちも例外でなく小林登美恵（後に明治書院編集部）から渋谷の小料理屋の二階に招かれた。その席で在校生のひとりが「母に教わった好きな歌です」と「城ヶ島の雨」（北原白秋作詩）をかなりたどたどしく歌い出したのである。暫くはニコニコと聞かれていた先生は「この歌はね、こう歌うんだよ」を彼女からこの長い歌を引き取って歌われた。高く低く、小さく大きく、沁みじみと朗々としかも軽やかに。

森繁久弥の「城ヶ島の雨」も心に響くが、先生の渋い声音と押しつけがましくない歌いぶりに敵う歌手はいないと思っている。

「形成」の歌評会は出席者が数十名の東京歌会から、当時二百名に及ぶ全国大会まで、先ず自己紹介から始まった。

先生は「おう」とか「ほおう」「よく来たな」とひとりひとりにじっと眼ざしを向けられ頷かれるのであった。

或る東京歌会の折、小柄な老婦人が慎ましやかに自己紹介すると、先生は「うちの大家さんだ」とつけ加えられた。

かなり年季の入ったお宅、玄関に可愛いボク達の靴が並んでいたこと、下駄箱の上に置かれた水槽に何故か十円玉が沈んでいたこと、床が抜けるのではないかと思われる程書籍に溢れた応接室を、私は心愉しく思い浮かべていた。

先生とお子様たちがボリショイサーカスを観に行かれるので、その間小野徳子は留守居役を頼まれたりした。

「章ちゃん冊ちゃんと一緒に公園に行ったりしてね」と相原恵佐子が思い出を語る。

正に形成家族であった。

私が入社したての頃、同人のM氏が刑務所内で短歌の指導をしていた関係で、そういった所からの投稿や岡山のハンセン氏病棟からの投稿もあって、実にさまざまな世界を垣間見ることができた。

先生は招かれてこの岡山のハンセン氏病棟へも講演に出かけている。

ハンセン氏病に対する偏見が根強く残っていた三、四十年前のこと、先生の知識の深さ、寛容さ、愛の深さを思わずにはいられない。

下世話な表現だが木俣修先生は威風堂々のご体軀、床しく物静かなご所作とは裏腹に非常に忠実《まめ》でお世話好きな方であったように思う。先生のご縁で良い家庭を築かれたり、生涯の仕事に就かれた方は私の知る限りでさえ二十指に近い。あの書籍いっぱいの応接室が時にお見合いの場になったのだろうか。

「二人で散歩に行き、一時間後に戻ってきた時はもう決ってましたのよ」

O出版社社員で「形成」社友でもあるR氏の結婚の経緯《いきさつ》を木俣夫人が和《にこ》やかに明かされる。

弟子たちの結婚式にも事情の許すかぎり足を運んで下さった。中島やよひの結婚披露宴では新郎、新婦を五月の光と若草に喩え、

「若草に光差し添ふけふの日の新《にひ》さきはひを永遠にあらしめ」（筆者思い出すまま）と詠まれ祝福されたのであった。

「私の時もぜひ……」と図々しくも申し上げてあった私の結婚式では、「春の日の光のごとくゆたけくもふたつのいのち永遠《とは》に輝け」のお歌を頂いたのであった。親族の集合写真にも強引にお誘いして入って頂いた。あれこれ走り廻って指示した私を友人たちが「花嫁さんがあれでは……」と語った時、先生は「内田君はあれでいいさ」と仰言ったとか。広い肩幅、背筋をぴんと伸ばされて写って下さったお姿に接するたび、自らの強引さも時効だろうと勝手に思っている。

四照花会

「今回変わったものも出陳しました　御らんを乞ふ」と木俣修先生の添え書のある、今から三十年前の案内状がある。

先生のほか鹿児島寿蔵、佐藤佐太郎による「現代歌壇大家三人展四照《やまぼうし》花会《しかい》」への誘い状で御三方が新作短歌を幅物、色紙、短冊に染筆し小田急百貨店にて展示されたこの会は、この時既に七回目を迎えていた。

開催初日には、百貨店の開店を待って弟子たちが会場めがけて一目散に走り、三歌人の見事な作品に見入ったのち一幅を求めるのが常であった。が、手ごろな作品は購入者が重なってなかなか手に入らない。そのような折「木俣修短歌染筆　熊谷守一画」をセットにした展示会があるとの知らせを受けた。早速今は亡き成瀬洋子（「形成」同人、元犬山城城主夫人）と出かけていった。それはごくこじんまりとした展示会で今となっては会場さえ定かではない。が、二人は丁寧に一幅一幅を味わった。

「たち枯れの茄子の葉むらを照らしつつ旱天の月あかつきに落つ」の先生の歌に守一が大きく蝸牛を描いた一幅が私は気に入って求めた。のちにその展示会の話をすると先生は「ああれは……」と口籠られ、傍から夫人が「でも先生の筆には間違いないのだから……」とフォローされたのであった。非難めいたことはひと言もおっしゃらなかったが、その展示会が先生の真意が届かない所で展かれたのではないかという印象が濃く残ったのであった。

先生は冬の寒さより夏の暑さが殊の外苦手のご様子であった。太子堂から高井戸に越され、始めて通して頂いた応接室で、その斜め上部に設置された直径一メートルはあろうかと思われる大扇風機に先ず驚かされたことを思い出す。現在のようにエアコン設備も充実していなかった頃のこと、歌会の折や授業中、先生は白いハンカチと大きな扇子を常用され、屡々《しばしば》「暑いのは困る」と口に出された。「あのハンカチ、麻よ」、汗を拭う先生の仕草にさえうっとりしていた友人の言葉が懐しい。

教室や歌会の席ではスーツを着用され、時にワイシャツ姿になられることもあったが、ご自宅で奥から玄関先に出て来られる先生は、いつも地味めな色合いの和服姿であった。お仕事中だったのだろうか、大きな前掛けをされていたこともあった。

幼い二人の子を連れお年始に伺ったことがある。私の方は多分手ぶらであったように思うが、帰り際に「お年玉」と書かれた長方形の箱を子ども達に下さった。中には榮太樓の甘露飴と黒飴の二缶がセットで入っていて子ども達をいたく喜ばせたものである。十円玉も百円玉も分別できない年頃の子どもにとってこのお年玉の箱は何にも増して嬉しかったらしい。書物の沢山詰まった大きな革鞄は別にして、先生は身のまわりのことから所持品に至るまで、そして周囲への思いやりも含め全てに渡って粋でお洒落であった。

十二か月違いの男子二児の後、三年を経て双子の女子を出産したその頃のわが家は、未婚の妹達もいて総勢十人という大家族、文字通りてんやわんやの毎日であった。

身動きのとれない私に代わって、夫が先生の許へ出産後初めての詠草をお届けし、状況をお話したところ、先生も大変喜ばれ「これは四人の子ども達への記念だよ」と、その場で色紙に「花鳥風月」と認め夫に手渡されたのであった。思いがけないお土産に日頃気むずかしい妹達も大欣び、せめてもと野菜類をお届けしたのであるが、数日を経ずして先生から和紙に毛筆の御礼状が届き、又々家中を驚かせた。

「―前文略（筆者）― 貴家の畑から直接お運び下さる野菜は八百屋から求めるものとちがってほんとに味はひ深いものがあります 正月をひかへてわが厨も豊かになりました いく重にもお礼を申しのべます さて今年はいよいよ子福者におなりのことめでたき限りみんな元気でよい年をお迎へのことをいのりをります 御夫君それにご両親にもくれぐれもよろしくここに御礼をしたためました

師走二十日夜 修 」（仮名遣い原文のまま）

野良着のまま出向いた夫、ご近所であれば日常茶飯事のようにお渡し出来る品物に対して、過分の先生のお言葉に恐縮しながらも、その喜びはいつまでも消えることがなかった。

四人の子持ちになったことを祝福して頂いたにも拘らず、先生のお宅へはなかなか伺えずあっという間に数か月が過ぎてしまった。

そのようなある日思い切ってお電話すると、木俣夫人が出られ、「ちょっとしたもの用意しといたんですけれど、もう要りませんわね」とのお言葉。「何しろ、家中てんやわんやの状態で……」などと、私はしどろもどろに言い訳するばかりであった。

何日かして、涎掛けが沢山入った箱を御送り頂き、遠慮なく重宝させて頂いた。

歌人として国文学者としての木俣修に対する評価の高さは無論のこと、その業績については文学の世界に身を置く者だけでなく万人の認める所であろう。

その裏側で木俣修に接した誰も彼もが、多かれ少なかれ誠実な温かさに触れ心を癒されたに違いないと確信する。

大学三年次、先生宅の玄関先で、「卒論のテーマ誰に決めたんだ？」と問われ、宮内庁書陵部に調査に行きたいとの単純な願望から決めた平安朝の歌人の名を告げると「そんなもんに決めたって歌は上手にならんぞ」と叱責に近い強い言葉で窘《たし》なめられたことがあざやかに甦った。

詠草も歌会も休みがちの不肖の弟子であるが、この二点だけは殊の外身に沁みている。

## 豪徳寺

昭和四十八年夏、木俣先生は胃潰瘍治療のため信濃町の慶応病院に入院された。

その頃夫は赤坂にある「旧赤坂離宮」を「迎賓館」に建て替える工事に携わっており、はからずもその工事現場と病院がそう遠くなかったことから、仕事の合い間に先生の病室に伺わせて頂いた。

先生は病人とは思えないご様子で夫に、野草の何種類かを所望されたという。歌人、文学者、教育者としての木俣修と並び、その絵画に対する評価は知るべき人々の間では非常に高いものであった。鈴木三重吉主宰の「赤い鳥」に文芸作品の外、小学生の頃の図画が何点も入選されていた事実から推して、天賦の才もおありだったのだと思う。

夫へのご注文の野草の類《たぐい》が、果して先生の絵心をそそるものとなったかは知る由もないが、夫は張り切ってえのころ草を摘んだり露草を小鉢に植えたりしてお届けしたのであった。

アレルギー等の問題から今は見舞いの花々を禁じている病院が多いが、当時はそのようなこともなく先生の病室は種々《くさぐさ》の花々で溢れていたそうである。

一サラリーマンとして、又、東京とは言え周囲を田畑に囲まれた田舎家に住む私達にとって、先生のご注文は全く負担のかからない、思いやりに満ちた、それでいて親しみ深いご注文であったと嬉しく振り返っている。

息子たちが高校生の頃だから、今から四十年以上前になるだろうか。萩本欽一主演演出による「欽ちゃんどこまでやるの」という人気テレビ番組があった。萩本欽一、真屋順子夫婦と高校生の長男見栄晴、三つ子の姉妹のぞみ、かなえ、たまえの六人家族が織りなすホームバラエティ番組で共感できる笑いとエスプリが随所にちりばめられ、なかなかの高視聴率を保っていた。

或る日、見栄晴が学校から帰って来ると、父親の欽ちゃんが「今日は何を勉強してきたの」と尋ねる。おっとりとしているが根が素直な見栄晴は国語の教科書を広げて読み出す。

紅《くれなゐ》の花アマリリス咲き残る地《つち》も切なし戦ひ止みぬ　木俣修

このような場面に先生の短歌が出てきたことにただただ驚き、その後の欽ちゃんのリアクションは全く目に入らなかった。

大学時代、東京オリンピックを目前にテレビブームが到来しており「テレビは見ないようにして勉学に励みなさい」と講義の折り、きつく仰言った先生の言葉をずっと引きずっていたテレビっ子の私は、聊か気が引けたが、早速この放映のことをお話した。

お子様方の就職やご結婚についても私たちの日常目線に溶けこんでさり気なくお話し下さる先生ご夫妻の雰囲気に、何でも彼でもお話しせずにいられなくなっていた。愉し気にびっくりされたご様子から先生には何のお知らせもなくて、ひたすら欽ちゃんのアドリブではなかったかと思ったのであった。

これという具体的理由があった訳ではないが木俣先生宅への敷居が高くなり、お伺いしなかった幾年かが続いた。その間紫綬褒章、芸術選奨文部大臣賞、勲三等瑞宝章、現代短歌大賞等々の受賞を新聞紙上で知りながら、何のご挨拶も申し上げていない、自戒の思いで先生宅をお訪ねした。東京歌評会も詠草提出も休みがち、会費の納入さえ怠っている弟子とは言えない弟子、先生の脳裏からその存在は遠く薄くなっているに違いない、恐る恐る玄関のベルを押し「内田と申します」と名乗ったのであった。奥様はご不在で直接玄関に姿を見せられた先生は「申しますなんて言うから誰かと思うじゃないか。ちゃんと名前を言えばいいじゃないか」とおっしゃったのち「それ、持って来てくれたんだろ」と私が抱えていた鉢植えの花に目を止められる。数々の受賞に対してお祝い申し上げたかどうかさえ覚束なく、帰り路はただただ熱いものを怺《こら》えるのに精一杯であった。

身体の弱かった藤井紀久子（「波濤」同人）には「先ず身体を丈夫にすることだな」と終始気遣い、当時九州在住であった磯部美智子（「波濤」同人・多摩歌話会会員）には「今度そちらの方に講演に行くから宿に来なさい」とお声を掛けられるなど先生の愛情の注ぎ方は測り知れなかった。ひとりひとりをよくご存知で、師弟関係の裏側での思いやりは実際の父親以上と言えた。「形成家族」という言葉を誰もが身を以て受けとめていた由縁であろう。

相原恵佐子から木俣修先生がご逝去されたとの報せが入ったのは、先生にお目にかかってからそう日数の経っていない春のことだった。

「（お仲間が）皆さん先生のお宅へお伺いしているから」の言葉にとるも

のも取り敢えず東高井戸へ向かった。先生のお宅は既に「形成」のメンバーで一杯であった。先ず先生にお目にかかってお別れしたい、どちらにいらっしゃるのだろうかという気持ちに反し、何となく厚かましい思いが拡がって、女性会員が屯しているダイニングに入った。

「ご飯炊いてお供えしないといけないのよね」、誰かが言い「そうね、山盛りにして」「お箸を立てて」などの言葉を交わしつつ、誰も彼もどうして良いか分からず立ち尽くすはかり。「私で良かったら」と言い、私は米櫃から米を出して研ぎ、電気釜に仕掛けた。

次々に訪れて来る弔問客、ご飯が程好い固さで炊き上がったか見極めぬまま先生宅を辞した。何年も何年も使われていたに違いないのに新品のように綺麗だった電気釜、まだ保温器つきの炊飯器ではなかった、などと脈絡もなく馬鹿なこと思いうかべていた。

東高井戸の住宅街は生垣を巡らせている家が多く、何処からともなく沈丁花の匂いや若葉の香ぐわしさが漂い、二度とお目にかかれない淋しさの後押しをした。

四月四日にご逝去され、その二日後、告別式が、満開の桜が美しい豪徳寺で執り行われた。以後、井伊家ゆかりの豪徳寺は先生永遠のお住まいとなった。

「楽爪苦髪」

## 猫屋敷

陽だまりに居睡る母の足許に現れては消ゆをんどりと猫

猫好きと知りてよりわがよく思ふ萩原流行《ながれ》に佐高信《まこと》に

受験期を思ひ出させて発情の猫の声ひと夜絶ゆることなし

シロにクロ　片目《かため》　耳欠け、でぶにごみ　わがスクリーンをうろつく猫ら

葈耳《をなもみ》に盗人萩《ぬすびとはぎ》を数多つけ意気揚々とでぶの戻り来

葉隠れに潜みゐしは何　足音を止めたる瞬時逃れてゆきぬ

二階建ての全室猫にあけ渡しアパート借りて住める知りびと

でぶ猫は七キログラム　十キロの和花《ののか》に抱かれ目を細めゐる

猫が寝《い》ね　鶏《にはとり》歩むそれだけの庭に飛び散る子どもらの声

ネックレス　ランボルギーニ　くぬぎ山　一千万円の価値言ひ合へり

懸賞金出して黒猫探せよと孫ら一同の埒《らち》もなき声

幼な指に直《ただ》されながら頬と鼻の真っ赤なアンパンマンを仕上げつ
容易《たはやす》く空を飛べると思ひゐむか風呂敷靡《なび》かせベッドに跳ぬる

膝小僧の中に浮ぶ半月を痛めて歩めず月照るこの夜も

しらじらと伸びたる爪を切りゆけり「楽爪苦髪」と祖母は言ひにき

# 蜆汁

温《ぬる》き湯に浸《ひた》りゐて思ふ蜆汁の蜆を鍋に入れる頃あひ

温《あたた》まりしのちに生を終へたるは蜆《しじみ》に蛤《はまぐり》伊勢海老　五右衛門

激つ湯に放たば瞬時の苦しみで終らむ術《すべ》を蜆は持ちゐむ

苦しみは何れが浅き　蜆らに問ひつつ蜆と水を火に掛く

ふつふつと嘲り笑ふ声のして蜆は鍋の底翳《そこひ》に踊れり

天よりの声

赤黒き中央病院性病科の看板は立つ高架の下に

性病科の文字のみ目立つ病院の角を曲がりて地裁に着きぬ

被告といふ名に呼ばれ来て一年の過ぎたり罪人と思はず過ぎたり

美しくはた淑やかにコマーシャル流せる企業より被告と呼ばるる

フィクションの世界の呼び名と思ひゐしが被告と呼ばれ調書書かさる

三階の窓より吾を呼びてゐる幼な子の声天よりの声

母さんに社長に被告アイコちゃん本日私が呼ばれた名です

## ノロウィルス

縁側に居睡る母と老い猫を包みて昼の光《かげ》極まれり

呻き声とも聞こゆる声に唄ひゐる病《やまひ》の癒えし母はベッドに

踵《かかと》には 皸《あかぎれ》 指は皸《ひび》なして柊の枝手折るに苦しむ

あかぎれの踵《かかと》庇ひてわれは押す目先にありて遠き呼び鈴

雨から雪へ雪から雨へと変りゆく気配せり胃痛に苦しむ夜《よる》を

坐りても立ちても臭ふノロウイルス身の置処なき屋内と思ふ

幼な子の頬の桃色《ピンク》を侵しゐるノロウイルスを呪《のろ》へり夜毎

目に見えぬものの図太さウイルスは五臓六腑を巡りて止まず

ウイルスの満ちる屋内に鬼遣らふ鋭《と》き少年の声は響けり

落札

公売価額低くするゆゑ自らの土地を落とせと告げくる官吏

山茶花の花びら零るるわが土地を落札せんと雪みち走る

むき出しの札束黒き革鞄落札場のあちらこちらに

マイクより流るる声の一点を捉へて行くべきところ目指しぬ

いちやうに黒きスーツを身に纏ふ官吏ら指揮者のごとくに動く

札束を抱へ小切手携ふる幾十のひとりとなりて待つのみ

公売と競売の異なるさまを告げ夫婦と思へる二人は去りぬ

「手に入れる」「ものにす」全て「落とす」の意　山茶花の根と土を落としぬ

七年間掛かりて戻り来し土地の雪を見んとぞ出でゆく吾子か

東北大震災

「絆」といふ聞き分けの良き一文字の陰に涙も出せぬ人々

被災地の瓦礫の下の肉体は映さず日本の美学と言へり

映さざる日本の美学の背後《そびら》には纍々《るいるい》と続く死者の使者たち

瓦礫の下海の涯《はたて》の凄惨を隠し通して大和の国は

悲惨さを隠すも美学と言ふひとり初春の宴の席に酔ひゐて

真実派美学派と論の拡がりて被災地は所詮他人事ならむか

歌ひつつ「ひとつになろう」踊りつつ「元気な日本」苦く聞く夜

# 句読点

幼ならの洗濯物を八竿《はっさを》に満たして風と青空を待つ

カップ麺の湯気に噎せたり少年と仔猫と老女と肺病む吾と

猫の糞幼なのうんち母の便洗ひてぬぐひてひと日の終り

句読点なき夜の電話しばらくを黙し電車の音を行かしむ

果しなく続く墓群《はかむら》思はせて眼下に凍るビルの林立

夕陽射す道さへ見えず庁舎より見下ろす西の新宿街は

西へ西へ流るる雲に追ひ越されひたすら昏し新宿の街

ビル街の隙間にあらむ色なども見届けたきになべて動かず

フランス語らしき言葉を交はしつつ黒人二人庁舎に入りゆく

ビルとビルの間《あはひ》に沈むわが庭の空間《すきま》埋めて蝙蝠あらはる

夕闇を更に濃くせる幾匹の蝙蝠低くひたすらに飛ぶ

地《つち》に落ちて飛べなくなりし一匹を窓より放つ春の夕ぐれ

逆さ吊りに眠るほかなき蝙蝠のこの頃は来ず何処に眠る

飛び立てぬ蝙蝠動かぬ薬指司るものはひとつにあらむ

何処ともなく来て去りし生きものの一匹太き青大将も

憎らしき所作も三つ四つ浮かびきて三度目となる夫の命日

追憶

和服の裾捌きて運転席に坐し軽やかなりき舟木一夫の母君

頭より大きな綿菓子貰ひ来て吾にもひと口舐めさせくれぬ

空中に浮き立つ駅舎ストロング小林在りし日々もまぼろし

馬酔木の花摘みては捨つるおさげ髪幼稚園に行きたくなき朝

をさな子の撒き散らしたる花房は飯粒となり地《つち》に真白し

# 旅立ち

## 母を歌ふ三十首

冷たいの熱いの痛いの苦しいの　母を宥めて風呂に入れたり

次々と運び込まれし急患の担架列なす三月晦日

ひと晩の入院さへも耐へられぬ母よ事務所に保護されゐたり

鳩除けのビニールいくつ吊られゐる窓際母の居場所となりぬ

吸引器　空気蒲団に車椅子備へて退院の母を待つ部屋

電動ベッド唸りて上下に動くとき和室の八畳《でふ》何故《なぜ》他所《よそ》他所《よそ》し

退院の母のため備へし器具類の夏日受けつつ呻く声挙ぐ

土壁を抜きて着けたるエアコンの廻る音ひと夜泣き声に似る

理由《わけ》もなく素裸になれる患者居て此の女《ひと》髪のカールが美し

間断なくごめんなさいと言ふのみの老女か母の怪しむ目先に

看護師を呼びゐる声の隣室に途切るるなくて男と知るのみ

夜の花火見むとぞ人等は夏草を覆ひて青きシート拡げぬ

ストレッチャーの母見守《まも》りつつ多摩川の花火の跡の土手を走りぬ

吸引器に痰を吸はせてゐる吾子も任せる母も尊し今は

退院の翌々日に再入院となりたり癒ゆる日見えざるままに

生命の保証はせずと確認をされたりそして治療の始まる

蟬の声幼な子の声猫の声すべて退院の母を待つ声

急行の発車を促すアナウンス聞こえ来て命極まらんとす

吐く息の間遠となりしが再びは吐かずになりて母は逝きたり

幼な孫の右手を右手に握りしめ握りたるまま命尽きたり

恋ひごころさへ匂ひ立つ動かざる唇《くち》にか細く紅塗りたれば

猛暑日の十二時母を焼かんとき「暑い」と呟く誰ぞの声す

ひとひとり消えたる証《あかし》とA４の死亡届に印を捺したり

税務課に福祉、保険と廻り来ぬ悲しみを告ぐる窓口はなく

亡き母の手垢残れる厨辺に今てきぱきと皿を調ふ

逝くと言ひ死亡と言ひまた果つと言ふ茶を飲みさして旅立ちし母に

薩摩芋の蒸《ふ》けたることを告げんとす母の笑顔に呼び戻されて

亡き母の蒲団に眠りゐし猫を退かせ切なし温もり消えず

叱りつつトイレに行かせし朝夕の恋ほしも無人の中廊下見ゆ

稜線に繋がる蒼の果《はたて》より母よ幻なして訪ひ来よ

確かなる声

「竹ちゃんもきてくれたのか」次男坊に声掛け夫の息は絶えたり

哀しみも涙も湧かず呆気なく逝きたる夫を見守《まも》りゐるのみ

父さんのストレッチャー押すため父さんを喚ばんとしたり私も息子も

元気よく後から来さうな父さんを待つてゐる皆待合室に

鵯《ひよどり》の声に目覚めぬ傍《かたはら》の夫は永久《とこしへ》目覚めぬ朝を

納棺の儀式の最中《さなか》この箱に入れてはだめと幼な子の言ふ

原木の椎茸厚く太らせて涙のごとき雨は垂れそむ

日焼けせる太き指にてわが夫は摘みゐきかぼそき間引菜なども

椎茸のつぶら実幾つ芽生えたる喜び告げむ夫は在さず

筍に椎茸独活《うど》を庭先に匂はせ直売の荷を造りゆく

勝手口音もなく開けて大根を差し出す吾子に夫の重なる

地震《なゐ》止みて晴れ上がりたる春空に着る人のなき野良着を干せり

争はむ思ひ秘かに忍ばせて医事課を訪ひぬ三月尽に

彼の岸に在すにあらずこの肩に摑《つか》まり立てと確かなる声

幼な子に履かさむ長靴両の手に夫は突然畑に現る

しやうが湯甘酒の類《たぐひ》飲み干して冬の風邪より立ち直らむとす

右側に寄せたき卓をふたりして持ち上ぐるべくつい夫を待つ

厳《いつか》しき曾祖父祖父にわが父と並びて笑顔のうつしゑの夫

サディズムもマゾヒズムも遠のきて湯船に泳がす白き太もも

城所《きどころ》さん逝く

本工事に入らむ間際足場より足滑らせて逝きてしまひぬ

十メートル飛ばされ生命ありしのち二メートルより落ち命《いのち》失ふ

「痛《いて》！」と言ふ臨終《いまは》の言の葉一秒を経ずして戻らぬ人となりたり

覚束なきわが所作笑ひコーヒーを注ぎくれたる指も今無し

女孫らの不思議のひとつ親よりも背高く猛き子らの在ること

窓に向かひ棚ひとつ欲し　黒々と節目浮き立つ茶の間に思ふ

その妻の傍らに吾も侍り居て息せぬ人を見守《まも》りゐるのみ

名付くれば戦友にあり倒産に至る痛みを共に持ち合ふ

椎茸を好みし人に供へむと時雨るる山に吾子は入《い》りゆく

十一桁の携帯電話の番号は忘れず大工仕事のために

忽ちに軽トラは来む手際良く食卓運ばむ箪笥運ばむ

# はつちやん

普段着と外出着とを使ひ分けはつちやんはいつも前掛け姿

真丸《まんまる》な眼《まなこ》ふたつを見開きて棺《ひつぎ》に在りき「野口はつちゃん」

後の世は鬼籍天国黄泉《よみ》の国はつちゃんは今頃多分天国

薄らかに眼を閉ぢ或いは半眼に旅立つ多し逝くひと多し

再びは目見《まみ》えぬ死といふ寂しさを分たむ人のまたひとり逝く

いのち鎮もる
すべすべと柔らかき裸体を湯の中に抱けば妖し幼な児ながら

胎盤の癒着にいのち終りたる妊婦は画面に笑顔を残して

胎盤癒着器械的除去出血多量そののち吾《われ》と吾子の生あり

十二人の血を貰ひ受け生まれたる吾子なり天にボール蹴りゐる

献血を呼びかくる放送の流れしこと四十年後の今に知りたり

胎盤を置き去り生まれ来し吾子の今更いのちの不思議を言へり

腕白に乳房しつかと摑まれし束の間乙女心の滾《たぎ》る

蟬時雨浴びゐる杜は青龍に乗りて降りし尊《みこと》を祀る

八月七日茅萱《ちがや》を束ね妙見尊の青龍なさむと男ら集ふ

崩されてゆかむ里山責むるがに洪水警報のまたも流るる

青龍ののた打つ思はせ雷鳴の轟き止まず豪雨の止まず

生きものの営み奪ひて成る街の幾何学模様を私は排す

見ゆるもの見えざるものの果てしなく土に身内《みぬち》にいのち鎮もる

# 広島

ホルマリンにどつぷり浸けしケロイドを並ばせ告げゐる惨《むご》き戦《いくさ》を

夏雲の湧きあがる真昼に鮮やけし人骨混じる土の塊《かたまり》

土塊《つちくれ》の中に鋭き白骨の幾すぢ彼の日の恐怖を諭《さと》す

人も馬も火となり土となりしさま平和を告ぐる館《やかた》に見入りぬ

血の匂ひ満ちるが如き資料館出でて更なり夏の陽のなか

死に近き兵士に少女に渡したき水てのひらに児らは飲みゐる

何もなく何も起こらぬビル街の空映しゆく広島局は

原色の衣服を纏ひ闊歩する女ら焦げつく土の真上を

焼夷弾落ちしたちまち上《のぼ》りたる火柱祖母と吾と消しにき

頑なに防空壕を拒みゐし祖父なりき敗戦の年に逝きたり

防弾硝子の甘き匂ひに誘《いざな》はれ墜落機を山に探《たづ》ね登りき

「禁じられた遊び」のひとつ不発弾削りて花火を作りしことも

無意識に殺めし幾つの蚊の死骸を散らばせ暑きひと夜の明くる

# 百舌

## 危険区域

サスペンスドラマのやうに一年にふたり消えたり百舌鳴く此の地

しあはせの雫しづかに滴らすごとき冬雲夕茜して

ローズロードコスモスロードのその先に危険区域の磁気室ありぬ

わが胸に潜《ひそ》みゐるもの探さんと磁気の溢るる筒に入りゆく

ＭＲＩに撮られゐるとき耳栓の隙を満たしてショパンのピアノ

幾たびも打ちこまれ来る槌の音《ね》に混じりてショパンの和音続けり

義歯を取り指輪外して仰臥するわが目交《まなかひ》は全て白雲

磁気室を出づればアネモネロード在り裁かれびととなりて歩めり

マスクせよゆつくり歩めと喧しき息子と向かひぬ診察室に

いつの日に生まれしならむかわが胸の奥処に小さき烏瓜垂る

ウイルスに逝きたる夫の血の写真クロス模様と同じと思ふ

にこやかに声かけくるる人は皆わが生国の市議選に立つ

淡紅《とき》色のつつじの花群怯えさせ過ぎゆきぬマイクと白き手袋

進むべき道定まらぬ若者の誰とはなしに市長の似合ふ

寄る辺なく水藻の漂ふさまに似て「平和」の二文字見えずなりたり

戦争の真実判らぬ少年と少女が基地を作りて潜む

防空壕のわが思ひ出を戦争を知らねば子等は愉し気に聞く

候補者の笑顔の裏に隠されて見えぬ魂《こころ》を射る矢もあらむ

街宣のマイクの声をかき消して広場に子らの声の沸き立つ

固きベッドに

目を見据ゑ顎吊りてゐる中年の男の隣りのベッドに寝かさる

幼な孫と指きりせむため凝りたる五指解《ほぐ》しゆく固きベッドに

い、い、い、おはじきをはじきビー玉転がして五本の指のリハビリ始まる

四十二個のおはじき数ふるわが傍《かた》へ馴寄り来たるは見知らぬ男の子

ゴム粘土丸くまあるく丸めゆき煎餅の形に伸ばすリハビリ

掌《てのひら》にビー玉いつぱい溢れさせそして落とせりけふのマジック

寒き日は全く動かぬ薬指に凝《こ》り具合など尋ぬる術なし

いちやうにダウンコートをベッド下に脚曲ぐるあり腕伸ばすあり

ビー玉におはじき粘土ごむまりと並べて何やら華やぐベッド

亡き夫に替はりて大根抜きくるるきどころさんの湊みづは見ず

明けやらぬ庭の静寂《しじま》のひと隅におにぎりを置くけもののために

大き掌に麻痺せるわが五指つつみこみ痛さに耐へよと医師は言ふなり

骨折の未だ癒えざるに七人目医師の替はりて惑ふ日々

魂さかる生守らむと使ひ勝手悪き左手に値札貼りゆく

たまご焼き豆腐にプリンにヨーグルトわが左手と女孫にやさし

左手に刻みし豆腐のぶざまさを労らふ声々夕餉の卓に

呼び捨てにわが名を呼びてふり向かす女孫のけふは蕗を日傘に

予定表基本スケジュール案内板内科と外科と重なる日あり

骨折を直さむための術中に起きる骨折のあるところこそ聞け

ホッピングの跳ねる音ごむまりの弾む音庭に飛び交ひ癒ゆる日を待つ

自らの筋を持たざる薬指の仕組みに抗ひ続くリハビリ

危ふき日々《にちにち》

足許を狂はせ手元縺れさせ厨に音のみ立つるわれはも

トラックを避けんと空地を通るさへ不法侵入と法は定むる

私文書を作り替へ虚偽の理由《ことわり》を並べ危ふき吾の日々《にちにち》

貪欲に学び生きむと決めしとき貪欲すぎる歌人《うたびと》現る

野次馬らの拍手するがに棕櫚竹の葉群微《そよ》げり事務所の窓に

三人寄れば病《やまひ》の話金の話ときめきなどなくクラス会果つ

解析も物理も容易く解きくれしきよし君脳梗塞に今し苦しむ

踏むための敷居にあらず宅配の若きに正しぬいささか気弱に

玄関の敷居は親の頭とぞ聞かされ続けし親は在さず

罅割れの太き敷居を跨ぐとき身に纏ふ外の臭みは落ちぬ

神の声告ぐるチラシの幾枚をドアの隙間に挟みて去りしか

広告に督促状に催告書尤も暑き二時頃届く

この先は右折できぬと標ある路地あり今更躊躇ふ勿れ

## 祝賀会

十一号に十三、十五号を重ね着し夕べに及ぶ集ひに出でゆく

絵に描けばピリオド二つ　真実を見抜く永田典子の眼《まなこ》

喩ふるにちびまる子ちゃん　眼はいつも悪戯受けとめ妬みを許す

腎臓に丸き穴あることなどは忘れ味濃きスープ啜りぬ

メタボリックシンドロームの危惧さるる林田理事には飲むなと言ひき

## 木の鳥

葉隠れに呼びかけくるる鳥在りて応へぬ「諾《いひ》」と時には「否《いな》」と

甲高くわが名を呼べる木の鳥の蔑む声に再びぞ啼く

聞き馴れぬ声色高く呼び合へる小鳥の粗方中国産とぞ

樹木失せ丘の崩れて土砂のみの遥けきさまを開発といふ

ぬるぬるとエコーに映さるる身の内を追ひゆく獲物捕へむさまに

小数点以下の数字の示すものわが病名のあらたなひとつ

心臓にからす瓜実り腎臓に丸き穴ありわが胎《はら》の絵図

耕耘機をあやつり坂を登りゆく後姿《うしろで》吾子かはたまた夫か

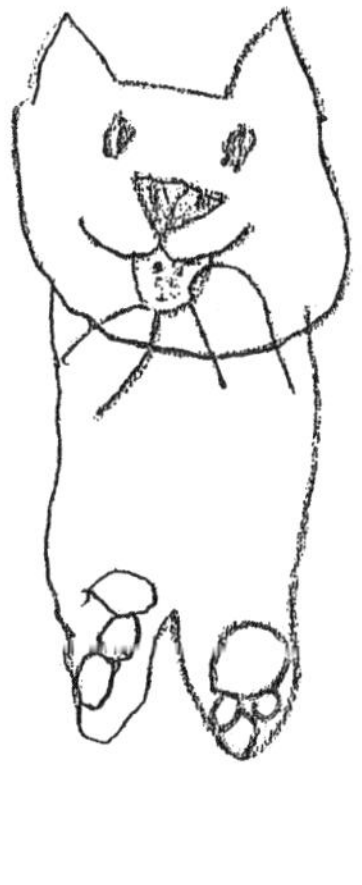

## 平和と『家康』

### 戦争と平和を永遠《とは》の課題《テーマ》とする山岡荘八著『徳川家康』

いくさ無き三百年の礎《いしずゑ》を七百万の文字が伝ふる

尖閣湾侵せる国にて『家康』がベストセラーとなつてる　不思議

糸ぐちは『徳川家康』韓国に中国に歴史小説ブーム

「お前さん、何処で知つた？」と先生は尋ねるだらうネットの情報

# 歌人と校歌

木俣修

小学校に入学し、中学、高校、大学と学生生活を送る中で「校歌」を歌い、社会人となったのちも結婚式や各種イベントの折など校歌を歌う機会は多い。校歌の一節は、幾つになっても自ずと口をついて出てくるが、その作詞者、作曲者となると正確に認識している人は極めて少ないのではないだろうか。

一九二六年一月、作詞北原白秋、作曲山田耕筰により熊本医科大学予科の校歌が発表されて以来、このコンビにより全国津々浦々、台湾や中国は大連の学校に至るまで、七十校以上の校歌が作られていることは周知の事実である。

白秋の弟子である木俣修も私の調べた範囲でしかないが、三十三校の校歌作成が確認できた。近年、一部では、シンガーソングライターに新しい校歌を依頼しようとしているなどの風潮もあるようだが、歌われている校歌の大方は関わったものたちの心に根付きそのつながりをふかめている。

## 一、木俣修作詞の初期校歌より（昭和三十五年まで）

| 学校名 | 所在地 | 制定年月 | 作曲者名 |
|---|---|---|---|
| 県立名張高等学校 | 三重県 | 昭和二十四年 | 信時　潔 |
| 県立平塚江南高等学校 | 神奈川県 | 昭和二十六年十月 | 平井　保喜 |
| 中野区立弟九中学校 | 東京都 | 昭和二十七年九月 | 平井康三郎 |
| 青森市立沖館中学校 | 青森県 | 昭和二十七年十月 | 平井康三郎 |
| 都立田園調布高等学校 | 東京都 | 昭和三十年 | 平井康三郎 |

| | | | |
|---|---|---|---|
| 彦根市立南中学校 | 滋賀県 | 昭和三十一年三月 | 沖　不可止 |
| 板橋区立志村第一小学校 | 東京都 | 昭和三十二年二月 | 沖　不可止 |
| 平塚市立太洋中学校 | 神奈川県 | 昭和三十二年三月 | 沖　不可止 |
| 平塚市立大野中学校 | 神奈川県 | 昭和三十二年十月 | 沖　不可止 |
| 県立鴨方高等学校 | 岡山県 | 昭和三十三年四月 | 沖　不可止 |
| 青森市立古川中学校 | 青森県 | 昭和三十四年十月 | 平井康三郎 |
| 県立塩釜女子高等学校 | 宮城県 | 昭和三十四年 | 平井康三郎 |
| 東北大学付属小学校 | 宮城県 | 昭和三十五年 | 平井康三郎 |

大学三年時、短歌を一生懸命やりたいと、小野徳子（現在「波濤」同人）と木俣先生宅を訪ねた時、先生は出身地などをたずねられ、小野徳子が「青森です」と言うと「今度、校歌を作ったんだ」とおっしゃって、二言、三言口ずさまれた。教訓的な言葉は使わず自然や心を大切にという思いを感じた。制定年月日や私たちがお邪魔した時期から言って、それは青

森市立古川中学校の校歌であった。

三十三校の校歌が木俣作品と分かったのち、その成り立ちや経緯、エピソード、当時の状況を知るべく各校に手紙を出したのだが、校長先生や教頭先生、ＰＴＡ関係者から懇切丁寧な返事を頂いた。また、或る歌人のエッセイにＮ市の高校の校歌も作られているとの一文を見、その市すべての高校に問い合わせの文書を送ったのだが、それらは皆「作者は別の方です」との返事であった。

木俣修作詞の校歌は、どの学校も大切にし、直筆のものを大きな額に収め、校長室に掲げていた。又、送って貰った資料の中で、木俣修筆となっているものの、どう見ても先生の筆でないものが一枚だけあったのも興味深い。

## 二、後期校歌より（昭和四十年以降）

学校名　所在地　制定年月　作曲者名

| | | | |
|---|---|---|---|
| 県立羽水高等学校 | 福井県 | 昭和四十年 | 沖　不可止 |
| 登米市立米山中学校 | 宮城県 | 昭和四十年 | 福井　文彦 |
| 県立科学技術高等学校 | 静岡県 | 昭和四十年 | 沖　不可止 |
| 都立深沢高等学校 | 東京都 | 昭和四十年 | 沖　不可止 |
| 県立川和高等学校 | 神奈川県 | 昭和四十一年 | 沖　不可止 |
| 都立練馬高等学校 | 東京都 | 昭和四十一年 | 沖　不可止 |
| 佐渡市立河崎小学校 | 新潟県 | 昭和四十七年 | 沖　不可止 |
| 日野町立日野小学校 | 滋賀県 | 昭和四十七年 | 団　伊玖磨 |
| 長浜市立長浜北小学校 | 滋賀県 | 未調査 | 沖　不可止 |
| 県立近江高等学校 | 滋賀県 | 未調査 | 平井康三郎 |
| 県立百合丘高等学校 | 神奈川県 | 昭和五十二年 | 真鍋理一郎 |
| 都立秋川高等学校 | 東京都 | 未調査 | 諸井　三郎 |

実践女子大学学園歌やニホンユニクリアフェル社の社歌なども作詞して

いて修の交友の広さと深さが偲ばれる。

その学校の校歌を作詞する緒は実にさまざまであった。

校歌作成委員会の如きが生まれそのなかで、「どうしても」ということで依頼されたもの、かつて修が宮城師範学校の教壇に立っていた経緯からその教え子である校長等教育関係者の熱心な勧めによるもの、コネクションも関係性も全くなく、いわば修へのファン気質が高じて生まれたもの等がある。現在私が把握できた校歌ひとつひとつに「作りたい」側とそれに応えようとする側の真摯で壮大なドラマがあった。

滋賀県の町立日野中学校は生徒を含む一般市民からの応募による校歌制定が決まっていた。修はその選考委員であった。応募数約七十の中で眼鏡に適うものがなかったのであろう。

改めて応募作の「補作」という形で依頼を受けたが、それも適わず結局修が作詞することとなったのである。修の言語の表記に対する態度は厳しく形成短歌会の折り、「箸にも棒にもかからない歌が今回はなかったな」

と総評し、作者が初心者であったりすると懇切に添削したのであった。校歌の作詞としては諾えなかったものの応募詞ひとつひとつを踏まえ、その精神が校歌に組みこまれたのであろうことは想像に難くない。

全寮制の都立秋川高校は閉校となった。が、卒業生たちの心にその一節は必ず残っているはずである。

在校生わずか四十数名の愛知県南知多町立日間賀中学校の校歌の重さは何処よりも重いはず。誰彼に公平に向き合い愛を注いだ修、私が「形成」に入社した昭和三十四年頃、岡山県のハンセン氏病患者が入所している長島愛生園から何人かが投稿して来ていた。「薬液のしみが残っているんだ」としんみりした口調でおっしゃっていたことを思い出す。

木俣修とその師、北原白秋の結びつきは第三者が推し量ることの出来ない深さと広さがあったようだ。晩年目をわずらい視覚が不自由になった白秋に代わって、時には手となり、目となって常にその身近にあった様子が、後の散文などから、うかがい知ることが出来る。白秋は日本の学校の校歌を三十数校作詞しているが、はからずも修が作詞している校歌とその数は近い。今際の刻の白秋に付き添い、通夜では文字通り夜通しその枕辺にはべり見守っていたそうだ。修の誠実さと律儀さが恩師の思慕への情を超えた心の趣きとして表われている。

### 三、小学校校歌より

私の調べた中で修は何校かの小学校校歌を作詞している。共通して歌われている情景やメッセージは、①自然や風土を大切にする。②子どもの心意気や有様を素直に応援する。③自然との結びつき、仲間同士の結びつきの大切さ。これらがどの校歌にも漂っている。そして、説教臭さや頭ごなしの倫理観、押し付けがましい道徳観がない。

ゆたかな「三島池」白金の「伊吹山」（米原市立大原小学校）
「城の丘」「広瀬川」「泉が岳」（東北大学付属小学校）

「鳩の声」「琵琶湖」「姉川」（長浜市立長浜北小学校）
「佐渡島」魚鱗輝く「両津湾」野に舞う「朱鷺」雪にまぶしい「金北山」
（佐渡市立河崎小学校）

等々子ども達はもとより、そこに生を営む全ての人達が纏っている自然風物を再認識させる深みを持っている。

と同時に、

読もうよ　書こうよ　こつこつと（常滑市立三和小学校）
組もうよ　腕を　ともどもに　強い体をつくるのだ
（東北大学付属小学校）
元気できょうも　鍛えてる　ともに跳ねたり　走ったり（河崎小学校）

分かりやすい口語調で仲間を労り、連携と努力の中から、確実に未来を見据えることが出来る眼差しが培われて行く校歌になっていると思う。これらの校歌が全て口語調であるのに対して、昭和三十二年二月に作詞した板橋区立志村第一小学校の校歌は文語調で作られている。

聴けや勢う　街のとどろき　板橋志村　持つ夢の今日も楽しく
われら　さらに進む　友よ凜々と燃えて　志村第一小学校

北原白秋は校歌のそのほとんどが文語調であったが、昭和六年三月に白秋が作った新潟県魚沼市立井米ヶ崎小学校校歌が口語調であるのも興味深いところである。

正しく仰げ　八海の　雪にかがやく　空の色　学べよ高く　つつましく
守れ訓えの　星と稲　我らが母校　井米ヶ崎

通常校歌は三番までのフレーズで構成されているものが多いがこの校歌は四番まである。昭和六年当時、校歌は国の認定を受けなければならず、「母校」という言葉が足かせとなって認可されず正式に歌われるようにな

ったのは、戦後のことだそうである。（「井米ヶ崎小学校便り」による）

このような事情を踏まえ戦後十年を経て依頼されたこの小学校校歌に文語調で臨んだことは、修の反骨精神の表れかとも穿った見方をしている。当時の志村第一小学校関係者の真摯で静かな情熱と町の姿を表すには日本古来の文語調が適していると思ったのかもしれない。

修が作詞を手がけた最初の校歌は三重県立名張高校、昭和二十四年のことである。最愛の師北原白秋が昭和十七年十一月二日没し、七回忌が過ぎた頃かと思われる。

昭和二十年代に四校、三十年代には十七校と精力的に現地に赴き、或いは当該地からの関係者と交流して校歌を成しており、その作曲者として沖不可止が最も多く、次いで、平井康三郎とのコンビが多い。

平塚市立江南高校校歌制定の頃、平井康三郎は本名保喜の名で作曲している。明治四十三年生まれの平井は文部省教科書編纂委員として、その方面の教科書編纂に携わっていたこともあって、明治三十九年生まれの修とは年齢も近く、共通の課題感覚があったであろうなどと勝手に想像している。

## 四、高等学校校歌より

高校の校歌となると流石に口語調で作詞されているものはないが、自然、人間の情愛、仲間意識に視点を置き、自省と前向きな意欲を促し、同時に郷土愛を認識させていることは不変の事実である。

「みずうみのまち　彦根の空」「窓うち開く若人の声こそひびけ」

（近江高校）

私立近江高校は高校野球の名門校でもある。

この校歌について「大抵校歌といえば山河清勝、雄々しく向上心をあおるものが多いが、このように（略）精神性豊かに呼びかける詞を作られた方に注目した」とインターネットのブログにあったが、私も全く同感であった。そして投稿者は次の一首を掲げている。

本丸あと風に落葉の舞ひたちて高校生の声の聞こゆる　木俣修

「みな聡し　われらが百千の瞳」（練馬高校）

「聴かずやこの匂ひ　この正大」「汲まずやこのまこと」「この和順」（平塚江南高校）

「朔風の荒ぶ朝夕」「燦たる歴史をここに創れよ」（羽水高校）

「秋留台地　日さしあまねく新芽かをるメタセコイヤ」（秋川高校）

メタセコイヤを校歌に歌いこんだ親近感も格別。

「われらは固む自主の歩を」（鴨方高校）

「田園調布　燃ゆる眉に追ふところ」（田園調布高校）

「黒髪のをとめ」「胸ひろくはひ睦み」（実践女子学園学園歌）

「富士はありうるわしく」「なみ木路のかぜも澄む」「さざむ歩も豊かな

り」（都立深沢高校）

平易で詩情溢れるこの校歌の作曲者は団伊久磨で、滋賀県日野町立日野中学校の作曲者でもある。

ひとつとして同じようなフレーズがなく、同じような言葉、文節のくり返しがない。各々の校歌を全文載せたいところだが、以上際立って印象に残った部分のみを抽出してみた。

羽水高校校歌作詞発表会のため昭和四十年十一月十日、十一日と修は福井に赴き、校内放送で校歌について講話している。

田園調布高校と羽水高校は校歌制定発表後、斉唱曲、二部合唱曲、混声四部合唱曲、ブラスバンドによるものの四つがあって、その伸びやかさが親しまれたという。

尚、作曲者として相棒、沖不可止は昭和五十一年自ら命を断った。七十四歳であった。

## 巽聖歌と宮柊二

白秋の門下生として木俣修の外、巽聖歌、宮柊二、玉城徹、持田勝穂（「波濤」創刊者）等の名が挙げられる。

童謡「たきび」の作詞者として著名な聖歌は明治三十八年、岩手県柴波町に生まれ、鈴木三重吉の「赤い鳥」の投稿から白秋にその才を認められ門下生となった。その経緯は修と相通う部分でもある。聖歌はその後転居した東京日野市から多くの童謡、短歌そして、校歌を発信している。

「海から叫ぶ声招くこえ（略）世界を呼ぶこえ、はなのこえ、生産都市の花のこえ　明るい窓辺に　新しいクレーンも光る（略）」

（横浜市立生麦小学校校歌「海から叫ぶこえ」より）

二〇一四年五月一日付毎日新聞夕刊一面トップ記事は「増える　歌いたい校歌」の見出しで「ポップな校歌が増殖中」と、加藤登紀子、白井貴子、サザンオールスターズの原由子等シンガーソングライターの作詞、作曲した学校名を列記していた。一方、校歌の歌詞として、静岡県熱海市立熱海中学校の「光る海　寄せる波　相模の海は世界につづく　はしり　はしり　青春を」（佐佐木幸綱作詞）が紹介されていた。或る意味、どの時代、どの空間を切り取ったとしても年齢を問わず意識の中で感動が共有できる要素を持っているということが分かる。

聖歌の校歌は歌うものの目線に立ち、五十年後の今を以て普遍的な新鮮さに輝いている。

「風はみどりに輝いて　明るい日ざし　竹煮ぐさ（略）道は直線横浜へ積み出す科学輸出品」
（八王子市立由井第二小学校校歌「風はみどりに」より）

出生地である柴波町の日結小学校、柴波第一中学校のほか八王子市立浅川中学校、深谷市立明戸中学校、一宮町立一宮中学校等々、日野市の資料によるとその数七十校以上に及ぶという。校歌に情緒的な題名をつけている所も聖歌らしい。

「多磨」の同人で修と年齢の近かった宮柊二（大正元年生まれ）もまた四十校以上の校歌を作詞している。

神奈川県立足柄高校、静岡県立清水南高校等、一部をのぞき出身校である堀之内小学校、同中学校、同高校、西小学校、東小学校、栄中学校、広神中学校、燕北小学校、燕工業高校、中越高校、南万代小学校、白根高校、長岡工業高校等その多くが、新潟県の学校であることも、堀之内町に生まれ育ち、上京するまで地元に根ざし活動していた柊二をしてそれも宜なるかなと思う。

余談であるが今回参考資料として、折原明彦著『校歌の風景』を繙く中ではからずも、若い時私が秘書をしていた「山岡荘八」の件りに出会った。山岡荘八に魚沼市立湯之谷中学校の校歌を依頼したところ「自分は専門でないから」と言って泉漾太郎氏を紹介されたという。

秘書になって二年目、昭和三十八年頃から一大「家康ブーム」が起き、そう言えば新潟県小出町出身の山岡先生の許には講演や、そういった依頼が毎日何件となく続き、断るのに精一杯だったことを思い出した。因みに泉漾太郎氏は塩原温泉旅館の主人で、山岡荘八、講談師室井馬琴と三人兄弟の契りを結んでいた。もう時効だと思うが、漾太郎氏が、旅館の改築資金か何かで山岡先生に「百万円」借りに来たことしか私には印象に残っていない。

## 宮柊二と修

宮柊二は私の知り得た範囲で、十二の小学校、八つの中学校、二十の高校の校歌を作詞している。

「雪深し　その簡浄《かんじょう》」「川流し　その恵潤《けいじゅん》」「山厚し　その大塊」（中越高校）

「弥彦山さらに守門　信濃川さらに五十嵐」「情熱さらに叡智　跳躍さらに静思《せいし》」「協調さらに自主　創意してさらに秩序」（三条工業高校）

「明晰《めいせき》にして深きもの」「精詣にして厚きもの」「綜合にして勁きもの」また「月冠と」「露閃々《せんせん》と」「わが胸底《きょうてい》」（長岡工業高校）

等々漢詩を思わせる文言が多い。「簡浄」「恵潤」「精詣」は『広辞苑』にも載っていないが意味するところは一目瞭然である。

生徒の高校への思いと目標を柊二は重厚にして固い語彙を導きながら表現し、それは校歌を体現するであろう生徒らの共感を得、多くの高校校歌の作詞につながっていったと思われる。柊二の講演後、その高校の校長や生徒から校歌の作詞を依頼され「喜んで唱ってくれるなら」と約束し、成した校歌もある。慎み深い中に深い愛情が感じられる言葉であった。

一首または一節が現わす真実の奥の内面や造形を重ねる時、短歌は先ず視覚から入ると思う。

「心」「こころ」、「胸底」「心の底」、「大地」と「地球」、「歌う」「唱う」「うたう」、一首の中に組み込まれたとき表記方法により陰影が変化する。目で一首を捉えたのち、聴覚よりその全てを体内に温存させる。

校歌は、誕生後、その第一歩は文字即ち言語、文節を目で捉えるが、認識したのちは声に出して表現してゆく。過程として短歌に通じる面はあるものの、声に出して表現している学生や卒業生、その各々が詞意や語彙をどこまで会得しているかとなると自らの経験からもそれらは覚束ない。

高校の校歌の中で、真髄と適切さを追求する道筋としての語彙がともすれば難解にして聞き分けにくいと感じられるものもあったが、柊二の作詞による小学校校歌はあくまで初々しい。

「雲が真っ赤に」「延びている」（赤いという意外性）「川が光って　つば

くろがそこを翔んでいる」「朝だ」「冬だ」「旗だ」言い切ることによる潔さが一体となって若々しさを強調している。（燕北小学校）

「五泉のまちの東っ子（略）銀杏の若葉が光ります。ピカ　ピカリひかります。（略）川の魚がおどります　キラ　キラおどります。（略）雪の降る日も通います　サク　サクリ通います」（五泉東小学校）

ピカピカ、ピカリピカリという繰り返し方法は誰もが思いつく。キラキラリ、また　サク　サクリと状況表現の異なる二つの擬音語にして擬態語の羅列により学校そのものが匂い立つ。

木俣修より五歳年下の柊二は白秋の門を叩いたのも修より遅い。その後何年間かは兵役に身を置いている。そのような中で「多磨」解散後いち早く「コスモス」を創刊した（昭和二十八年三月）。修の「形成」創刊はそれよりおそかったのである（同年五月）。この間の経緯に人間ドラマが潜んでいたのか、単なるスタートラインのずれなのか、個人的に非常に気になるところではある。因みに柊二の本名は肇（はじめ）、修の本名は修二（しゅうじ）である。

### 相馬御風

早稲田大学校歌、「都の西北」が、相馬御風の作詞であることはあまりにも有名。

明治四十年制定のこの校歌は名校歌と称されているが、東儀鉄笛の曲が後押ししていることも否めない。

御風はその後日本大学校歌を始め小学校から大学まで新潟県内百四十四校、県外六十三校の校歌を手がけている。出身地である糸魚川では、糸魚川小学校、糸魚川中学校、糸魚川高校と同じ地域で、一本の糸が流れるように各世代をつなぎ作詞しているのも興味深い。

依頼者とそれを受け入れるものが、互いに抱く郷土愛の広がりと未来志向への重なりが窺える。

歌人、詩人、文学者等々校歌作詞者に連なるひとりとしての御風は童謡「春よ来い」や「かたつむり」の作詩者としても愛しい存在といえる。

小さいものや見落としがちなものへの眼差しが、御風をして新潟県内だけで百校以上の小学校校歌制定につながったと思われる。

校歌の多くは三番歌までが常套のようになっているが、御風は六番歌（早稲田実業学校）、五番歌（新潟中学校）、四番歌（名立小学校）とこだわりがない。歌い易さから今の形になったとも言える。

歌詞の中に校名の入っていないものが多い。

「みちの中国水清き　和賀の平野の一角に」「黒陵健児が双肩に　擔う使命を果さでや」（岩手県立黒沢尻北高校）

表現している言葉により校名を浮き立たせている。

与板小学校、名立小学校、新潟県立村松高校、北海道立函館水産高校、

栃木商業高校、武蔵工業大学（現　東京都市大学）も校名を入れていない。
「水静かなる　信濃川　みのり豊けき　大平野」
（与板小学校（現　宝田小学校））
「ひょうぼうひらく日本海　おきべにかすむ佐渡島」（名立小学校）
「武蔵野国原　ひとすじに　休まずせかず　流れ来て　すえ海に入る
荒川の」（砂町小学校）
「渺茫ひらくる日本海は（略）洋々流るる長江信濃」（新潟商業高校）
「世界に輝く大東京の（略）われらが目指すは創造一路」（武蔵工業大学）
具体的地名が一部入っているものの、きつくなく柔らかな雰囲気をかもし出している。
逆に「玲瓏の天あふぐ時　胸颯爽の意気に充ち」にも「怒涛さかまく日本海（略）青陵健児の生命なる」「天そそり立つ　弥彦山」「時流はいかに濁るとも　わが校風ぞ彌清く」（新潟中学校　大正十一年制定）は勇まし

さ強さが際立つ。

昭和四年に制定された日本大学の校歌「日に日に新たに　文化の華の（略）正義と自由の旗標のもとに　集まる学徒の使命は重し」が戦時下の昭和十五年から第二次世界大戦終戦まで「正義と自由」の文言を「八紘一宇」と替えられて歌っていたという。たった四文字か五文字の違いでも意味するところは大きく変わる。短歌一首における助詞ひとつ、助動詞ひとつの表現力と重要性を痛感したのであった。

現在わが国では公立私立合わせて小学校二万強、中学校一万強、高等学校約五千、大学約八百が存在する。在校生、卒業生、これからの新入生は校歌をどのように受け止めていくだろうか。

御風の校歌に接しながらその短歌が一首も浮かばない私である。


（参考資料　「形成」、学校要覧、記念誌、インターネット検索、ホームページ、折原明彦著『校歌の風景』、糸魚川歴史民俗資料館　外）

# 跋文

内田允子歌集『畑の歌』は、東京都の西部、稲城の地に壮大な土地を有し先祖より受け継いだ家業の野菜栽培にいそしむ著者とその家族、はた又、著者に愛されて育つ野菜達。またその野菜達を荒らしにくる野生の小動物たちをも含めて織りなす日常の哀歓がつぶさに歌われる。それはまるでパノラマを見るような楽しさで読み手を魅了する。そんな一冊である。

著者内田允子の歌風はどちらかと言えばオーソドックスな部類に属すると言ってよい。だがその簡潔でオーソドックスな文体がもたらす情感の厚らかさ、あたたかさは心地よく読み手の心を潤して止まない。

内田さんが「日月《じつげつ》」に入会されてから何年経っただろうか。常に口重い内田さんがある時こう言われたことばを私は忘れない。「私の師、木俣修はいつもこう言っていました。『事実を歌え、事実より強いものはない、事実でないものは歌うな』と。そして内田さんが続けた言葉が印象的だった。「だから私の歌は決して虚構でも想像でもありません」と。

巻頭近くから歌を拾ってみよう。

「あやめ雪」薄紫のこの蕪《かぶ》の吸ひもの造らむ母の盆会に
桃太郎はトマト金太郎はメロン　春の陽背《せな》に苗を分けゆく
ほつこりと姫の坐すさま泛かばせて畑のなだりに植ゑゆく南瓜
地《つち》の奥天の果てより喚び合ひて辛く生きゐむ蛇も目白も

「あやめ雪」、何と美しい品種名であることよ。薄紫色の蕪で作るお吸いものの静謐なぬくもりと淡々としたイメージが、結句の「母の盆会」へと静かに降りてゆく。トマトには「桃太郎」、メロンには「金太郎」、そして南瓜には「ほっこり姫」という品種があるらしい。

内田さんが種や苗からひとつひとつ丹精込めて育ててゆく野菜ひとつひとつへの深い愛情は、まさにわが子の名を呼ぶかのような歌々となって現れる。

それにしても彼女の日常の多忙さには驚くばかりだが、集の後半に次の一首がある。

幼な指に直《ただ》されながら頬と鼻の真赤なアンパンマンを仕上げつ

孫に直されながらアンパンマンを描く作者。何とあたたかくゆったりとした時間がここにはあることよ。このようなゆったりとした時間がもっともっと内田さんの上に訪れますようにと祈る私である。

跋文ならぬ拙文となってしまいましたが、お許しください。
内田さん、私もひ孫とアンパンマンを描いてみようかと思っています。
美しくあたたかなご歌集の完成を祈りつつ。

朝露に袖濡らしつつ亡き夫の植ゑたる茄子を吾子と捥ぎゆく

里芋の詰め方値付けに洗ひ方悉く直しし夫かもわれに
里芋の子芋転がりゆく先に地下足袋履きて夫は待ちゐむ
フォアグラもトリュフも知らず売れ残りの里芋のみの熱き味噌汁
まろまろと子芋は育つか朝からの秋雨染みゆく土の深土に
隠元の名を秘めながら恋みどり美咲みどりはあでやかに実《な》る
今更らに亡き夫の長靴履きてみぬ恋慕の情の幽かな夕暮
傷ものと書きて半値に売らむとすわが浅ましさ茄子は咎めず

平成二十九年一月元旦

永田典子

# あとがき

読み返してみて父の歌が一首もないのに気がついた。明治三十八年生まれの父梅元は都庁職員、退職後は農業人でありながら自由奔放に過ごしていたように思う。脳梗塞に倒れ、自宅療養しているさなか、娘より年の若い恋人が現れたのには驚かされた。母のいない時は彼女に母への不満を告げ、母と二人になると散々にその彼女をこき下ろし、全く気まま勝手な父であった。

世間的には温厚、物知りと見られ、何人もの男女の名付け親になっていた。

明治三十九年生まれの木俣修先生、山岡荘八先生は明治四十年生まれ、おふたりの言葉の端々を夕食の時などに告げると「そうか」「そうか」と目を細め聞いている父でもあった。

相続税、返しきれない銀行への債権、一時は不治と告げられた病との戦い、そんな中で家族や友人の愛情、先人たちの言葉が如何に励みになったことであろうか。今、人間として短歌の先輩として永田典子先生とご一緒できる場は唯一私のオアシスとなっている。

住吉会系と分かったYさん、人を殺めはるか三宅島の方まで逃亡し捕まったMさん、仲間とけんかし前向きに倒れた拍子にポックリ命を落としたNさん、やり切れない思いで振り返るが、同時に何故かいとしい感情さえ湧いてくる。

人間の営みのほんの一頁、少しでも汲み取って頂けたら、誠にありがたい。

永田典子先生には感謝、お礼の言葉を、そして過去、現在の友人、知人へはありがとうの言葉を、孫たちへはよろしくねの言葉を。

平成二十八年師走

内田允子

**著者略歴**


昭和13年10月　東京府南多摩郡稲城村に生まれる
昭和34年８月　木俣修主宰「形成」入社。後第一同人となる
昭和36年４月　作家　山岡荘八の秘書をつとめる
昭和40年３月　会社員　渡辺忠敬と結婚。二男二女をもうける
昭和62年２月　不動産会社設立。現在に至る
平成19年７月　歌文集『スイッチ・オフ』刊行
平成20年４月　「日月」入会。現在に至る
平成20年６月　歌文集『生きごころ』刊行


省検
略印


日月叢書No.48

平成二十九年五月三日　印刷発行

歌集　畑《はたけ》の歌《うた》　定価　本体九二六円（税別）

著者　内《うち》田《だ》允《あえ》子《こ》
郵便番号二〇六－〇八〇四
東京都稲城市百村一六〇七－一

発行者　堀山和子

発行所　短歌研究社
郵便番号一一二－〇〇一三
東京都文京区音羽一－一七－一四　音羽YKビル
電話〇三(三九四四)四八二二・四八三三
振替〇〇一九〇－九－二四三七五番

印刷者　研文社
製本者　牧製本





ISBN 978-4-86272-525-7　C0092　¥926E